SCÈNES
DU
THÉÂTRE
JAPONAIS

SCÈNES DU THÉÂTRE JAPONAIS.

寺子屋

L'ÉCOLE DE VILLAGE.

(TERAKOYA)

Drame historique en un acte.

Traduction du

Dr Karl Florenz,

Professeur à l'Université Impériale de Tokyo.

芝居

1900.

Publié par T. Hasegawa, Éditeur,

Tokyo, Japon.

Illustré par Yoshimune Arai, Tokyo.
Imprimé par T. HASEGAWA, Tokyo.

INTRODUCTION.

« La Térakoya », ou L'École de village, est sans contredit le drame le plus populaire du théâtre japonais. Voici, en quelques mots, les faits que le spectateur est supposé connaître. Vers le milieu du neuvième siècle vivait, à la cour impériale de Kyôto, un des plus célèbres poètes du Japon, Sougawara Mitchizané, alors ministre de droite. Shiratayou, fermier de Mitchizané, ayant eu trois fils à la fois, et un tel évènement étant considéré comme un signe de bonheur pour tout le pays, Mitchizané voulut lui-même donner aux trois nouveau-nés les noms de trois arbres favoris qu'il avait plantés de ses propres mains dans la propriété confiée aux soins de Shiratayou. C'est ainsi que le premier fut nommé Ouméô (Prunier), le second Sakouramarou (Cerisier), et le troisième Matsouô (Pin). Quand plus tard les trois enfants furent en âge, les deux premiers, suivant l'exemple de leur père, s'attachèrent à Mitchizané qui en fit des samouraïs. Le dernier, Matsouô, entra au service de Foudjiwara Shihéi, ministre de gauche. Peu à peu les relations se tendirent entre les deux ministres, et, au moyen de mille intrigues, Shihéi réussit à faire exiler son collègue en Kyoushyou, ce qui

entraînait le licenciement des samouraïs et la dispersion de la famille de Mitchizané. Shihéi, redoutant la vengeance des descendants de l'exilé, jura de les exterminer jusqu'au dernier. C'est alors que Ghènzō, ancien serviteur de Mitchizané, recueillit Shyousaï, le plus jeune fils de son maître, et se retira au petit village de Séryō, où il fit passer l'enfant pour le sien propre. A Séryō, Ghènzō se fit instituteur privé et c'est dans son école que se passe notre drame.

Des trois protégés de Mitchizané, Ouméō le suivit en exil, Sakouramarou succomba en défendant vaillamment sa cause, mais Matsouō resta au service de Shihéi, l'implacable ennemi de son bienfaiteur. Mitchizané en éprouva une douleur amère qu'il exhala dans ces vers célèbres.

Le Prunier m'a suivi en exil,
Le Cerisier est mort pour ma cause ;
Le Pin serait-il donc seul au monde,
Sans honneur et sans fidélité ?

Cependant, quoique en apparence du parti de Shihéi, Matsouō était de cœur tout dévoué à Mitchizané, et il le prouva en substituant son propre fils à Shyousaï dont la retraite avait été découverte, et dont il avait été chargé en personne de livrer la tête aux émissaires du ministre Shihéi.

C'est ce dernier épisode, de la substitution et du sacrifice de son fils par ce serviteur dont le dévouement avait été méconnu, que retrace « La Térakoya ».

D'une façon générale, je me suis efforcé de rendre le texte original aussi fidèlement que possible,—et cela même au détriment du style,—afin que le lecteur puisse mieux comprendre l'âme japonaise et apprécier l'art dans lequel elle se révèle.

LA TÉRAKOYA.

PERSONNAGES.

GHÉNZÔ, jadis samouraï de Mitchizané, actuellement instituteur à Séryô.

TONAMI, femme de Ghénzô.

KOTARÔ, leur fils, âgé de huit ans.

MATSOUÔ, samouraï du ministre Shihéi.

TCHIYO, femme de Matsouô.

SHYOUSAÏ, fils de Mitchizané, supposé celui de Ghénzô et de Tonami.

GHÈMBA, intendant de la maison de Shihéi.

LA MÈRE DE SHYOUSAÏ.

SANSOUKÉ, domestique de Matsouô.

L'IDIOT.

PREMIER ÉLÈVE.

DEUXIÈME ÉLÈVE.

TROISIÈME ÉLÈVE.

Enfants de l'École.

Hommes armés de la suite de Ghèmba.

Paysans.

La scène se passe en 902, au village de Séryô près de Kyôto. Le théâtre représente une chambre japonaise servant de salle d'école aux élèves de Ghénzô.

SCÈNE I.

L'IDIOT, SHYOUSAÏ, ÉLÈVES.

Shyousaï, et ses camarades sont, à la japonaise, agenouillés devant leurs petites tables et s'exercent à écrire des caractères japonais et chinois. A côté de chacun se trouve une boîte à livres. Plusieurs élèves ont le visage balafré de traits de pinceau et les mains barbouillées d'encre. Le silence est à chaque instant interrompu, et le bruit finit par dégénérer en vacarme.

L'IDIOT, se tournant vers ses condisciples.

Quelle sottise de rester là à travailler quand le maitre n'y est pas. (Il montre une feuille de papier.) Regardez ! j'ai dessiné un bonze, une tête chauve.

(Rire général ; tous, excepté Shyousaï, se lèvent et font du vacarme.)

SHYOUSAÏ, écrivant toujours.

Hé ! l'Idiot, tu ferais mieux d'employer ton temps à autre chose qu'à dessiner des niaiseries. A ton âge tu ne sais pas même écrire les caractères les plus élémentaires. N'as-tu pas honte ?

L'IDIOT, d'un air moqueur.

Oh ! écoutez donc l'élève modèle, le sage, le. . . . . .

PREMIER ÉLÈVE, lui donnant un coup de règle sur la tête.

Ne l'insulte pas celui-là, l'Idiot, autrement. . . . . .

L'IDIOT, se mettant à pleurer.

Aïe! aïe! il m'a frappé celui-là.

(Il lui jette le contenu de son encrier en pleine figure.)

DEUXIÈME ÉLÈVE.

Le poltron! c'est le plus âgé de nous tous et il se met à pleurnicher dès que quelqu'un le touche seulement.

TROISIÈME ÉLÈVE.

Rossons-le une fois pour de bon, le nigaud!

(Presque tous se jettent sur l'Idiot. --Tapage épouvantable.)

SCÈNE II.

LES MÊMES, TONAMI, entrant par une porte latérale.

TONAMI.

Tas de gamins! Toujours à se battre. Voulez-vous faire silence! mettez-vous à vos places et faites vos devoirs. Le maître va revenir dans un instant, et si vous êtes bien sages, il vous donnera congé pour cette après-midi.

PLUSIEURS ÉLÈVES.

Voilà qui est bien! Travaillons, travaillons.

(Tous se mettent à écrire et à lire à demi-voix.)

SCÈNE III.

LES MÊMES, TCHIYO entre, conduisant son fils par la main ; elle est suivie de SANSOUKÉ portant une petite table, une boîte à livres, et deux paquets.

SANSOUKÉ, entrebâillant la porte.

Pardon, peut-on entrer ?

TONAMI.

Je vous en prie, entrez.

(Tchiyo entrant avec Kotaro s'avance auprès de Tonami. Les deux femmes se saluent, Sansouké reste auprès de la porte.)

TCHIYO.

Monsieur Ghenzō a bien voulu répondre favorablement au messager que je lui ai envoyé ce matin. Puisqu'il consent à se charger de l'instruction de mon fils, je vous l'amène ; le voici.

TONAMI.

Ah ! c'est votre fils ? Qu'il soit le bienvenu. Comme il a l'air gentil.

TCHIYO.

Vous êtes bien aimable ; puisse-t-il ne pas vous donner trop de souci. Il n'y a que quelques jours que nous demeurons dans ce village, à l'autre extrémité ; à ma grande joie j'ai appris que vous avez un fils du même âge. N'est-il pas parmi ces. . . . . . ?

TONAMI.

Mais si, le voilà. (A Shyousaï) Viens ici, viens saluer madame.

(Shyousaï s'approche de Tchiyo et la salue profondément.)

TCHIYO, regardant tantôt Shyousaï, tantôt son fils.

Quel beau garçon vous avez. Mais je ne vois pas monsieur Ghénzō ; serait-il absent ?

TONAMI.

Malheureusement oui. Il a été appelé ce matin chez le maire du village, afin de prendre part à une délibération du conseil. Comme c'est assez loin d'ici, il est à craindre qu'il ne rentre pas de sitôt. Cependant, si vous désirez lui parler, je pourrais envoyer quelqu'un.

TCHIYO.

Non, non ! ne vous donnez pas cette peine. Je dois encore faire une commission au village voisin, et quand je repasserai, peut-être aurai-je l'honneur de voir monsieur Ghénzō. (Se tournant vers Sansouké.) Sansouké apporte les paquets.

(Sansouké lui passe deux paquets, elle en présente unrespectueusement à Tonami.)

Veuillez accepter ce modeste présent.

TONAMI, s'inclinant profondément.

C'est trop d'amabilité, vraiment vous êtes trop. . . . . . .

TCHIYO.

Cela ne vaut pas la peine d'en parler. (Mettant le second paquet devant Tonami.)

Voici quelques douceurs pour les enfants de l'école.

TONAMI.

Mille fois merci de votre délicate attention ; mon mari en sera certainement très touché.

TCHIYO.

Mais il est temps que je me retire. Veuillez, en attendant, prendre soin de mon fils ; je vous le confie. (Se tournant vers Kotarō.) Sois bien sage, mon enfant ; je vais jusqu'au village voisin et je reviens aussitôt.

KOTARŌ, suppliant.

Maman, ne me laisse pas ici ; emmène moi avec toi.

(Il s'attache à la manche de sa robe.)

TCHIYO, se débarrassant de son étreinte.

Que tu es peureux, Kotarō, n'as-tu pas honte? (A Tonami.) Vous voyez, c'est un petit enfant gâté, trop habitué à sa mère. (Caressant Kotarō.) Tu es mon enfant chéri ; reste ici et sois bien sage, je reviens dans un instant.

(Elle sort avec Sansouké. A plusieurs reprises elle se retourne et couvre Kotarō d'un regard d'indicible tendresse. Après avoir fermé la porte elle revient.)

Pardon de vous déranger encore une fois, j'ai dû oublier mon éventail.

(On cherche l'éventail partout.)

TONAMI, après un instant.

Mais vous l'avez à la main, votre éventail.

TCHIYO, étonnée.

C'est vrai ! Faut-il que je sois distraite.

(Elle sort en jetant encore sur son fils un long regard d'affection empreint de tristesse.)

TONAMI, consolant Kotarō.

Viens ici, mon enfant, et ne sois pas si triste ; viens jouer avec mon fils.

(Elle le conduit auprès de Shyousaï et cherche de mille façons à l'égayer.)

SCÈNE IV.

GHÈNZO, TONAMI, KOTARO, ÉLÈVES.

Ghènzō entre, visiblement troublé. Il reste debout auprès de la porte et examine du regard ses élèves, sans cependant s'apercevoir de la présence de Kotarō.

GHÈNZÓ, à part d'un air mécontent.

Des faces paysannes, rien que des têtes de paysans trop vulgaires, tout cela n'est bon à rien. (Il s'assied et semble plongé dans une profonde méditation. Tonami d'abord étonnée, ensuite inquiète, vient s'asseoir près de lui).

TONAMI, après un instant de silence.

Pourquoi cette pâleur, cette surexcitation, que signifient ces paroles qui vous échappent? Que veulent dire ces regards irrités que vous lancez aux enfants? Calmez-vous, je vous en conjure, ne les terrifiez pas ainsi. D'autant plus que l'on vient de nous amener un nouvel élève, un enfant charmant; le voici, de grâce, veuillez lui accorder un sourire bienveillant. (A Kotarō.) Viens Kotarō, viens saluer ton maître.

KOTARÓ, se prosternant devant Ghènzō.

Veuillez me prendre sous votre protection.

GHÈNZO, le regardant à peine.

C'est bien, va à ta place. (Kotaro se relève et va se retirer, quand Ghènzō tout à coup frappé de son extraordinaire ressemblance avec Shyousaï, le rappelle et regardant les deux enfants alternativement se dit à part. Mais, que vois-je? (A haute voix.) Viens ici, Kotaró, regarde moi bien en face. (A part.) Décidément c'est bien cela. C'est lui qu'il me faut. (A haute voix.) Tu es un gentil garçon, Kotarō, bien élevé, de bonne famille, cela se voit tout de suite. N'est-ce pas Tonami?

TONAMI.

C'est ce qui m'a frappée dès que je l'ai vu. Je suis heureuse qu'il vous fasse la même impression, et qu'à son aspect, les sombres nuages qui couvraient votre front disparaissent comme par enchantement. Ce sera un bon élève. Quand ce matin sa mère l'a amené. . . . . .

GHÈNZÔ, contraint.

Sa mère? Hein! Sa mère est ici?

TONAMI.

Non, elle était pressée, une affaire importante l'appelait, elle est allée au village voisin, mais à son retour elle passera ici de nouveau. Elle ne tardera pas à venir.

GHÈNZÔ, de plus en plus contraint.

Elle ne tardera pas à venir? Ah! Ecoute, Tonami, j'ai en ce moment un grave sujet de préoccupation. Conduis les enfants dans la chambre du fond et laisse-les s'y amuser à leur guise, pourvu qu'ils ne m'ennuient pas. (*Se tournant vers les élèves.*) Renfermez soigneusement vos effets et mettez de côté vos tables et vos boîtes à livres. Vous pouvez sortir, je vous donne congé pour l'après-midi.

(*Les élèves arrangent leurs tables et boîtes à livres avec autant de bruit que possible, les entassent dans un coin de la chambre, et sortent à la suite de Tonami par la porte du fond en poussant des cris de joie. Ghènzô les suit d'un regard rêveur. Au bout d'un certain temps, Tonami revient; après s'être assuré que personne n'écoute, elle s'assied en face de son mari*).

SCÈNE V.

GHÈNZÔ, TONAMI.

TONAMI.

Quoi ! de nouveau ces sombres regards. Vous me faites peur. (Ghènzô secoue la tête d'un air rêveur.) Tantôt, quand j'ai vu votre visage s'illuminer à l'aspect du nouvel élève, de cet inconnu, je me suis demandée si nous n'étions pas menacés de quelque malheur. Qu'y a-t-il donc ? Parlez, je vous en conjure.

GHÈNZÔ.

En effet, un malheur nous menace—Nous sommes trahis.—Le ministre Shihéi sait que Shyousaï, que nous faisons passer pour notre fils, n'est autre que notre jeune seigneur. Il le sait, et redoutant plus tard la vengeance de ce dernier rejeton de Mitchizané, il m'ordonne de lui livrer sa tête.

TONAMI.

Ciel ! je l'avois pressenti. Et comment avez-vous appris que Shihéi. . .

GHÈNZÔ.

Cette réunion chez le maire n'était qu'un prétexte. C'était un piège qu'on nous tendait, afin de nous empêcher de fuir. A peine étais-je arrivé, que Ghèmba, l'intendant de Shihei, se présenta à la tête de plus de cent hommes, et s'adressant à moi : « Nous savons tout, me dit-il, livre-nous cet « enfant que tu fais passer pour ton fils, et qui n'est autre que le jeune « Shyousaï. Comment, impudent ! oses-tu protéger l'ennemi du ministre « Shihéi ? Ecoute, si dans deux heures, tu ne nous a apporté la tête de « Shyousaï, nous entrerons de force dans ta maison et nous la prendrons « nous-mêmes. Tels sont les ordres de mon maître. » J'aurais volontiers

répandu d'un coup sabre à ce butor, mais que pouvais-je contre le nombre. Je n'avais qu'à m'incliner devant la force et à tâcher de m'en tirer par la ruse. J'avouai donc tout, demandant seulement le temps nécessaire pour l'exécution de l'ordre. Matsouō, le seul des hommes de Shihéi qui connaisse Shyousaï, était avec eux : c'est lui qui doit constater si la tête est bien celle du jeune seigneur. L'ingrat ! non seulement il a oublié les bienfaits dont Mitchizané l'a comblé autrefois, mais il va même jusqu'à trahir son fils. Il est malade au point de pouvoir à peine se tenir debout !—la haine seule lui donne la force de commettre cette lâcheté.—Ecoute, Tonami, voici ce que je pense faire. Notre maison est entourée de soldats, fuite est impossible. Il faut donc livrer une tête qui ressemble à celle de la Shyousaï, sans cela, lui-même est menacé de mort. Déjà, tout à l'heure, en revenant, je me demandais si la tête d'un de nos élèves ne pourrait nous tirer d'embarras, mais pas une de ces faces communes ne rappelle, même de loin, les nobles traits de notre jeune seigneur. C'est ainsi que je rentrais le désespoir dans l'âme, lorsque tout à coup le visage du nouvel élève m'a frappé ; c'est un avis du ciel. Dis, Tonami, ne ressemble-t-il pas à Shyousaï à s'y méprendre ? Les dieux, pour sauver notre jeune seigneur, nous ont amené cet enfant juste au moment où le danger était le plus pressant. —C'est triste, mais il n'y a pas à hésiter, il doit mourir. La tête une fois livrée, nous fuirons avec Shyousaï. En quelques heures nous atteindrons la province de Kawatchi, où nous serons à l'abri de toute poursuite.

TONAMI.

Hélas ! Quel malheur ! Faut-il que nous soyons réduits à répandre le sang innocent ? le sang de cet enfant ?—Il est vrai que la fidélité envers notre jeune seigneur est une cause sacrée qui excuse tout, le monde entier dût-il périr. Mais, ce crime servira-t-il du moins à quelque chose ?— Matsouō connaît trop les traits de Shyousaï, son regard ne le trompera point au moment suprême. Il découvrira le subterfuge et alors. . . . . .

GHÈNZÔ.

Alors ce sera sa perte. J'observerai son visage au moment de la constatation, et s'il trahit le moindre doute, d'un seul coup de sabre je fais rouler sa tête à terre. Je me précipite ensuite sur les autres et les massacre tous. Que je périsse si mon jeune seigneur doit succomber : en serviteur fidèle je l'accompagnerai du moins dans l'autre monde.—Mais rassure-toi, Tonami, Matsouō ne devinera pas le subterfuge, la ressemblance des deux enfants est trop parfaite, et la mort effacera toute dissemblance. —Ce que je redoute le plus, c'est le retour de la mère de cet enfant. Si elle venait à le réclamer trop tôt, si surtout, ne le retrouvant pas, elle donnait l'alarme, notre fuite serait compromise.—Eh bien ! en ce cas, à elle aussi je trancherais. . . . . .

TONAMI.

Ghènzō ! vous m'épouvantez. Non, laissez-moi faire. Pendant que vous fuirez avec Shyousai, je l'entretiendrai, je. . . . . .

GHÈNZÔ.

Impossible ! Elle aura déjà appris au village qu'il se passe ici des choses extraordinaires et dans son affolement, elle demandera à voir son fils.—Non, non, Tonami, ton bon cœur ne servirait qu'à nous perdre. Si cette femme revient, elle doit mourir. Nous sommes condamnés à commettre des crimes, ayons le courage d'aller jusqu'au bout. Le salut de notre jeune seigneur l'exige.

TONAMI.

Eh bien ! soit, puisque notre sort le veut ainsi, ne reculons devant rien. (Sanglotant.) Pauvre enfant ! pauvre mère ! Aujourd'hui même elle nous a confié ce qu'elle a de plus cher, et nous voilà obligés d'égorger cet enfant auquel nous devrions servir de père et de mère. Malheur à nous !

(Elle se couvre le visage de sa manche. Ghènzō demeure impassible. On entend plusieurs voix au dehors. La porte s'ouvre, laissant voir la cour où s'avance le cortège de Matsouō, Ghènba en tête.)

SCÈNE VI.

Les mêmes. GHÈMBA se montre à la porte. MATSOUŌ est assis dans une chaise à porteurs. Un grand nombre de paysans remplissent la cour et saluent respectueusement les deux officiers.

PLUSIEURS paysans.

Ayez pitié, très nobles seigneurs, nos enfants sont également dans cette maison.

PREMIER paysan.

Le mien commence juste à écrire ; laissez-le sortir, je vous en prie.

DEUXIÈME paysan.

Mon neveu, messieurs, si jamais vous lui coupiez la tête par mégarde, vous ne pourriez plus le ressusciter. Rendez-le moi.

TROISIÈME PAYSAN.

Au nom du ciel, n'allez pas confondre mon fils avec le jeune seigneur. Il est juste du même âge. Laissez-moi aller le chercher.

PLUSIEURS PAYSANS.

Laissez-nous entrer, messieurs.

GHÈMBA, les repoussant brutalement.

Allez au diable, tas de manants! C'est à ne plus s'entendre. Allez-vous en! On se gardera bien de toucher à vos mauvais drôles. (Leur tournant le dos.) Quelle prétention! ces vilains s'imaginent que l'on peut confondre la face d'un paysan avec le visage d'un samuraï. Ha! ha! ha!

MATSOUO, descendant de sa chaise,
s'avance lentement vers la porte en s'appuyant sur son grand sabre.

N'importe, Ghèmba, ne les lâchez pas trop vite. Il n'est pas impossible qu'un de ces paysans ne soit entré dans le complot, et ne fasse passer son fils pour Shyousaï. Comme je dois répondre de tout, je ne veux négliger aucune précaution. (Se tournant vers les paysans.) Calmez-vous, bonnes gens, on vous rendra vos enfants; appelez-les seulement par leur nom.

(Tous ensemble crient des noms différents.)

MATSOUO.

L'un après l'autre.

(Tous se tiennent immobiles pendant que le chœur chante les strophes suivantes sur un accompagnement de shamisen.)

CHŒUR.

D'une main de fer
Il garde la porte,
En vain les captifs
Tentent-ils de fuir.

Sa voix redoutable
Remplit la maison
Et des deux époux
Fait saigner le cœur.

Dehors, les vieillards
Désolés attendent
Anxieusement
Leurs fils éplorés.

PREMIER PAYSAN.

Tchoma ! Tchoma !

GHÈNZÔ, se tenant auprès de la porte du fond et se tournant vers l'intérieur de la chambre où se trouvent les enfants, répète les noms à mesure qu'on les appelle.

Tchoma ! viens ici.

MATSOUÔ, le regardant.

En voilà un qui s'est sibien barbouillé la figure avec son pinceau, qu'il en est méconnaissable. Cependant ce n'est pas lui. Laissez le courir.

(Le premier paysan prend l'enfant par la main et part.)

DEUXIÈME PAYSAN.

Iwama ! Iwama est-il là ?

IWAMA, se présentant.

Oui, grand-papa, me voici.

MATSOUÔ.

Gentille frimousse, mais figure trop ronde ; marche !

(Le deuxième paysan prend l'enfant sur son dos et disparaît.)

TROISIÈME PAYSAN.

Bébé ! Bébé !

L'IDIOT, voyant emporter le petit garçon qui l'a précédé.

Papa, porte-moi aussi sur ton dos. (Il se met à pleurer.)

TROISIÈME PAYSAN.

Allons, Bébé ! ne pleure pas (Le prenant sur son dos il s'en va.)

GHÈMBA, avec ironie.

Oh ! pour celui là, Matsouô je me serais passé de votre avis. Un joli seigneur, en effet, ce grand bêta avec sa voix de grillon et ses jambes de cheval. (Le regardant partir.) Ma parole ! le vieil imbécile l'a pris sur son dos et se sauve comme s'il emportait un trésor.

QUATRIÈME PAYSAN.

Toku ! Toku ! De grâce, messieurs, n'allez pas le prendre pour le jeune seigneur ; il est très bien de figure.

(Toku veut s'échapper par la porte.)

MATSOUÔ, le saisissant.

Arrête ! petit drôle. Il paraît que tu n'as pas la conscience tranquille. Regarde-moi bien en face. Hon ! tête de melon et encore fort sale avec cela. (Lui donnant une petite tape.) Sauve-toi.

GHÈMBA, ennuyé.

Maitre Ghènzô, faites sortir les autres petits paysans tous ensemble. D'après les spécimens que je viens de voir, je me prononcerai (sur leur origine) sans la moindre hésitation. Une pomme de terre ne peut naître que d'une pomme de terre.

(Ghènzô appelle les trois derniers enfants qu'on lâche après un court examen. Ghèmba et Matsouô entrent dans la chambre et prennent place auprès de Ghènzô qui s'assied. Les portes se ferment.)

SCÈNE VII.

LES MÊMES, TONAMI.

GHÉMBA.

Eh bien ! Ghènzô, remplis ta promesse. Tranche la tête de Shyousaï et remets-la moi. Allons dépêche-toi.

GHÈNZÔ, avec calme.

Pensez-vous que l'on tranche la tête à un noble seigneur sans plus de façon que s'il s'agissait d'assommer un chien ? Patientez un instant et accordez-moi le temps qu'exige une action de cette importance. (Il se lève et veut sortir par la porte du fond.)

MATSOUÔ.

Un instant, Ghènzô. (Le fixant.) N'essaie pas de nous induire en erreur. Si pendant que nous t'attendons ici, tu cherchais à fuir par une porte de derrière, se serait peine perdue : plus de cent hommes cernent ta maison en ce moment et une fourmi même ne pourrait s'en échapper. Renonce également à l'idée de m'apporter une tête quelconque, t'imaginant qu'après la mort elles se ressemblent toutes. Cette ruse est trop vieille et pourrait te coûter cher.

GHÈNZÔ, se possédant à peine.

Épargne-toi toutes ces vaines préoccupations et garde tes réflexions pour toi. Je t'apporterai la véritable tête, et. . . . . .

GHÉMBA, impatienté.

En voilà assez. Fais ce que tu as à faire.

(Il présente la caisse en bois dans laquelle la tête doit être mise. Ghènzo sort par la porte du fond.)

SCÈNE VIII.

LES MÊMES, SAUF GHÈNZŌ.

Tonami écoute avec anxiété. Matsouō compte les pupitres entassés au fond.

MATSOUŌ.

Hum ! Etrange ! Incompréhensible ! Les petits diables que nous venons de congédier, n'étaient-ils pas au nombre de sept ? Que signifie alors ce huitième pupitre que je découvre-là ? (A Tonami.) A qui appartient-il ?

TONAMI, très-troublée.

Au nouvel . . . . . pardon, suis-je sotte ! . . . . c'est du pupitre que vous parlez ? Il appartient à Shyousaï, je vous le jure, croyez m'en.

MATSOUŌ.

C'est bien, je veux le croire. (Avec impatience.) Mais que ne fait-il plus vite ce Ghènzō.—Je suis tellement malade que c'est à peine. . . . . .

(On entend le bruit d'un corps qui tombe, Matsouō éprouve un frisson et s'arrête tout court. Tonami très effrayée, voudrait aller voir, mais reste néanmoins. Ghènzō entre et dépose la boite fermée devant Matsouō.)

SCÈNE IX.

LES MÊMES, GHÈNZŌ.

GHÈNZŌ.

Vos ordres ont été exécutés : voici la tête. Regardez-la de près, noble Matsouō, et assurez-vous si c'est bien celle de Shyousaï.

(Il s'écarte un peu et, la main sur la garde de son épée, ne quitte pas Matsouō des yeux.)

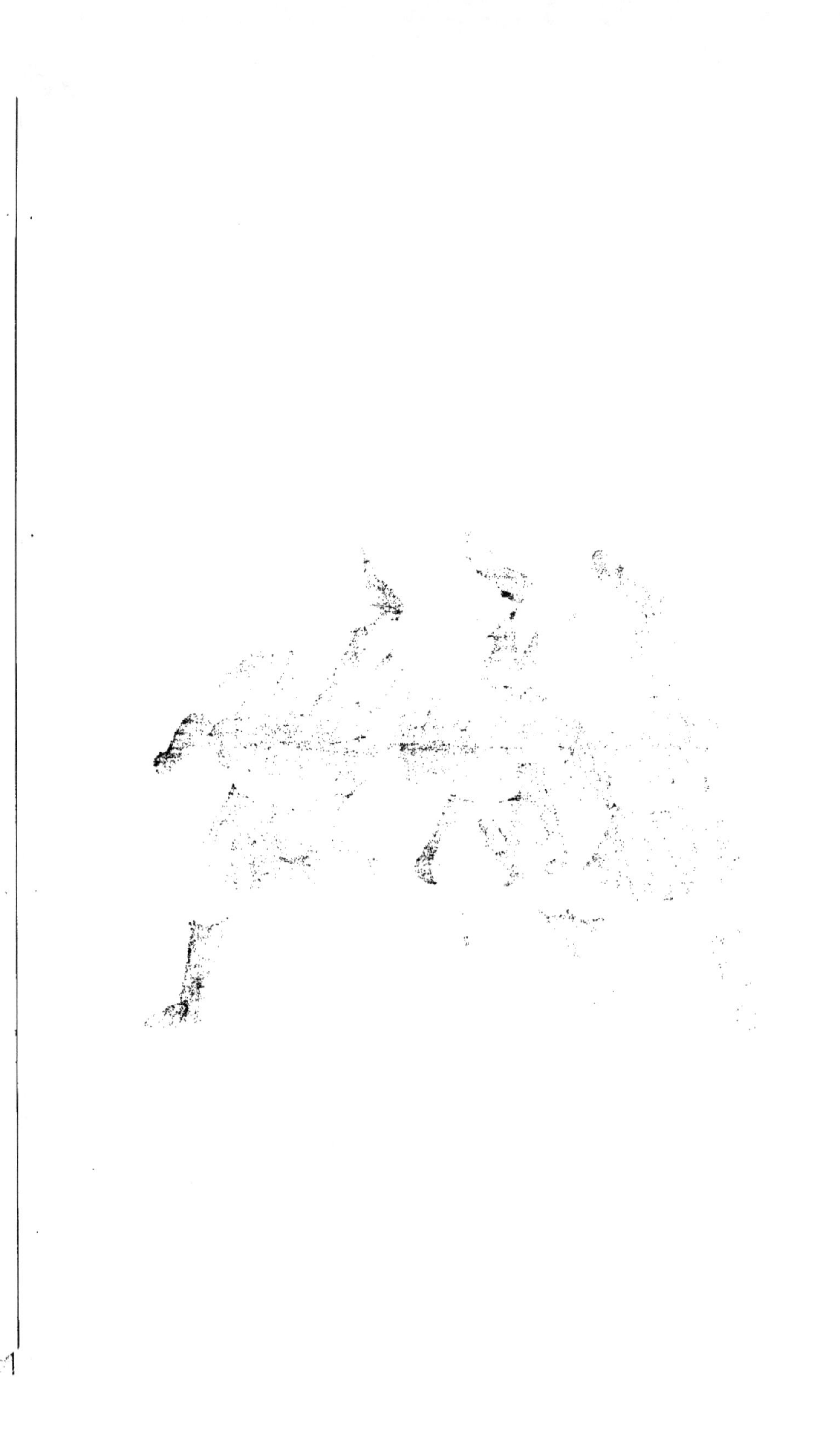

MATSOUÔ.

Attention maintenant ! (A plusieurs hommes d'armes que Ghêmba vient d'appeler du geste.) Tenez-vous là ! (Les faisant placer derrière Ghênzô et Tonami.) Et ayez les yeux sur eux.

(Il place la caisse tout près de lui, l'ouvre lentement, contemple la tête pendant quelques instants, et la touche d'une main tremblante. Son visage exprime une grande douleur. Tous attendent avec anxiété.)

Il n'y a pas de doute,—c'est bien la tête de Shyousaï. (Il ferme la caisse. Ghênzô et Tonami échangent un regard d'intelligence.)

GHÈMBA, se levant.

Enfin nous l'avons. Vous avez agi avec fermeté, maître Ghènzō, et méritez une récompense ; la peine de mort avait été prononcée contre vous pour avoir tenu caché dans votre maison le fils de Mitchizané. Mais, en lui tranchant la tête de votre propre main, vous avez réparé votre faute ; je vous accorde la vie. (A Matsouō.) Partons, Matsouō, allons annoncer à Shihéi le succès de notre entreprise ; il doit nous attendre avec impatience.

MATSOUŌ.

Oui, dépêchez-vous, Ghèmba. Portez à Shihéi l'heureuse nouvelle —et la tête. Quant à moi, je suis trop malade,—beaucoup plus que je ne le parais. Excusez-moi auprès de lui. Obtenez-moi la permission de quitter entièrement son service.

GHÈMBA.

Comme il vous plaira. Rentrez chez vous et soignez votre santé. Votre tâche est accomplie.

(Il prend la caisse et sort avec les hommes d'armes. Matsouō gagne péniblement sa chaise en s'appuyant sur son épée et disparaît.)

SCÈNE X.

GHÈNZÔ, TONAMI.

Tous deux sont assis l'un à côté de l'autre et accompagnent Ghèmba et Matsouô du regard. Après un instant Ghènzô se lève, ferme la porte et en pousse le verrou. Ils respirent à l'aise. Tonami les mains jointes se prosterne à plusieurs reprises en remerciant le ciel.

GHÈNZÔ, exalté.

Grâces soient rendues aux dieux ! Se souvenant du vertueux Mitchizané, ils nous ont accordé cette faveur ! En considération de ses mérites ils ont aveuglé les yeux de Matsouô ! Réjouissons-nous, Tonami ! Longue vie à notre jeune seigneur !

TONAMI.

Est-ce un rêve ? Le génie protecteur de Shyousaï a-t-il donc troublé la vue de Matsouô ? ou bien la tête de cet enfant était-elle elle-même un génie bienfaisant ? Un vil métal a été confondu avec une pierre précieuse. J'en remercie les dieux de tout mon cœur.

(On frappe à la porte extérieure. Les deux époux restent interdits.)

SCÈNE XI.

LES MÊMES, TCHIYO.

TCHIYO, frappant à la porte.

Ouvrez ! C'est moi, la mère du nouvel élève, ouvrez !

TONAMI, à voix basse.

C'est la mère ! Ghènzō, nous sommes perdus ! Qu'allons nous dire ? Qu'allons nous faire ?

TCHIYO, frappant de plus en plus fort.

Ouvrez ! ouvrez !

GHÈNZŌ, se fâchant contre Tonami.

Tais-toi, sotte ! Ne l'avais je pas prédit ? Tiens-toi tranquille ! Avec celle-là aussi nous en finirons d'une façon ou de l'autre. (Il pousse Tonami de côté et va ouvrir la porte.)

TCHIYO, en proie à la plus grande surexcitation.

Ah ! Est-ce vous qui êtes monsieur Ghènzō, le maitre de mon fils ? Je vous l'ai amené ce matin, où est-il ?

GHÈNZŌ.

Votre fils est dans la chambre voisine et joue avec les autres élèves ; désirez-vous le voir ?

TCHIYO.

Oui, conduisez-moi auprès de lui, je veux l'emmener avec moi.

GHÈNZŌ.

Alors suivez-moi : par ici s'il vous plait.

(Tchiyo se dirige vers la porte du fond. Ghènzō tire son sabre et frappe un coup formidable. Tchiyo, se retournant juste à ce moment, évite le coup et se réfugiant dans l'angle où les boîtes aux livres des élèves sont entassées, saisit celle de son fils et s'en fait un bouclier.)

TCHIYO.

Arrêtez ! arrêtez !

GHÈNZŌ, frappant un second coup.

Meurs !

(Le sabre fend la boîte et en fait tomber une de ces robes blanches dont on revêt les morts, des feuilles de papier couvertes de prières, et les divers objets qu'il faut pour des funérailles. Ghènzō étonné abaisse son arme.)

Quoi ! que signifie tout cela ?

TCHIYO, tombant à genoux en sanglotant.

Dites-moi, je vous en conjure, mon fils est-il mort? S'est-il dévoué pour Shyousaï son seigneur? Je vous en supplie ne me cachez pas la vérité.

GHÈNZÔ, stupéfait.

Comment? s'est-il dévoué? votre fils? ce serait à dessein que vous l'auriez. . . . . .

TCHIYO.

Ah! mon enfant, mon fils unique!—Oui, nous l'avons offert pour sauver la vie de son seigneur. Vous le voyez bien, ce vêtement funèbre, ces prières, cette invocation à Bouddha, « Namou amida boutsou,» tout vous l'indique.

GHÈNZÔ.

Je ne vous comprends pas. Qui êtes-vous? Quel est le nom de votre mari?

(En ce moment Matsouô entre après avoir frappé, referme la porte et s'assied avec dignité).

SCÈNE XII.

LES MÊMES, MATSOUÔ.

MATSOUÔ, d'un ton concentré.

Le Prunier m'a suivi en exil,
Le Cerisier est mort pour ma cause,
Le Pin serait-il donc seul au monde,
Sans honneur et sans fidélité?

Réjouis-toi, Tchiyo, notre fils est mort pour sauver la vie de son seigneur. (Tchiyo tombe le visage contre terre et sanglote.) Pleure, malheureuse Tchiyo, donne un libre cours à ta douleur maternelle. Tu peux le faire sans honte. (A Ghènzō.) Excusez, Ghènzō, si le cœur d'une mère réclame ses droits avec tant de violence.

GHÈNZŌ, partagé entre l'étonnement et l'émotion.

Je ne comprends pas encore. Est-ce un rêve ? Est-ce la réalité ? Comment, vous Matsouō, le samouraï de Shihéi, n'êtes-vous pas notre ennemi ? N'avez-vous donc pas depuis longtemps déjà brisé les liens qui jadis vous attachaient à Mitchizané ? Votre propre fils, vous l'auriez offert volontairement pour sauver Shyousaï ? Je ne sais que penser !

MATSOUŌ.

Votre étonnement est naturel. Hélas ! un sort malheureux m'avait écarté du vrai chemin et entraîné à la suite d'un maître qui haïssait tout ce que depuis mon enfance je considérais comme sacré : Mitchizané mon légitime seigneur et le bienfaiteur de ma famille, de mon père et de mes frères. Que j'ai souffert de me voir ainsi séparé de tous ceux que j'aimais, et de m'entendre traiter d'ingrat. Et cependant je ne pouvais faire autrement sans violer le serment prêté à Shihéi.—Pour mériter un châtiment pareil, il faut que dans une vie antérieure j'aie commis quelque crime épouvantable. —Mais, j'étais à bout de forces. Voulant à tout prix quitter le service de Shihéi, je feignis une maladie et demandai mon congé. Juste à ce moment éclata la nouvelle que Shyousaï vivait caché chez vous. Shihéi ordonna aussitôt de s'en emparer avant que vous ne puissiez fuir et de lui apporter sa tête. Comme j'étais de tous ses serviteurs le seul qui connût le jeune seigneur, c'est à moi qu'échut la mission de vérifier si la tête livrée était bien celle de Shyousaï. A cette condition j'obtiendrais mon congé. C'est ainsi que tantôt vous m'avez vu accomplir cette pénible tâche.—Je remercie les dieux de m'avoir délivré du lourd fardeau qui depuis si longtemps pesait sur moi.

Je savais, Ghènzō, que vous tenteriez tout pour sauver Shyousaï de la la mort, croyez-le, j'en étais convaincu d'avance. Cependant que pouviez-vous faire? La fuite était impossible, une substitution seule pouvait vous tirer d'embarras. Alors j'ai compris que pour moi le moment d'agir était venu. Je consultai Tchiyo, ma courageuse femme, et, sans perdre un instant, vous ai envoyé mon fils, afin de le substituer à Shyousaï. Je confiai le reste aux dieux et à vous. Lorsque, au moment fatal, j'ai compté les pupitres entassés, ici, et en ai trouvé un de trop, j'ai compris que mon fils était là et deviné ce qui allait arriver.

Le Pin serait-il donc seul au monde
Sans honneur et sans fidélité?

Ces vers que l'inoubliable Mitchizané avait composés à mon adresse, retentissaient constamment à mon oreille, et de toutes les bouches il me semblait entendre ce reproche;

« Sans honneur et sans fidélité. »

Comprenez-vous maintenant combien j'ai souffert. Et, si je n'avais eu un fils pour expier la faute de son père, moi et mes descendants nous aurions été honnis, maudits à jamais.—Ah! mon fils, tu as sauvé l'honneur de ta famille.

TCHIYO.

Oui, il a sauvé notre honneur et à ce titre sa mémoire restera à jamais gravée dans notre cœur.—Pauvre enfant, quand ce matin je le quittai, il voulait par force me suivre, mon cœur saignait, sachant que je l'abandonnais à une mort certaine. Ah! laissez-moi encore une dernière fois serrer dans mes bras mon enfant qui n'est plus.

(Elle tombe le visage contre terre en sanglotant.)

TONAMI, s'approchant d'elle et la consolant.

Pauvre mère, permettez que je partage votre douleur. Votre enfant n'était qu'un étranger pour moi et cependant je comprends combien vous, sa mère, vous devez souffrir. Les paroles suppliantes, qu'il adressa à mon mari en lui demandant sa protection, retentissent encore à mes oreilles, et je sens un frisson parcourir tous mes membres.

MATSOUÔ.

Maîtrise ta douleur, bonne Tchiyo ; supportons avec résignation le malheur que le ciel nous a envoyé. (A Ghènzô.) Mon fils savait qu'il allait au-devant de la mort, quand ma femme vous l'a amené ce matin. Je le lui avais appris, et lui, un enfant de neuf ans à peine, entendit sans frémir cette terrible nouvelle.—Comment est-il mort, Ghènzō, ne vous a-t-il pas demandé grâce ?

GHÈNZÔ.

Il est tombé en héros. Impossible d'envisager la mort avec plus de sang-froid. Quand, tirant mon sabre je lui ai annoncé qu'il devait mourir, c'est le sourire aux lèvres qu'il m'a présenté le cou.

MATSOUÔ.

Vaillant enfant ! C'est ainsi que mon frère Sakouramarou mourut pour son seigneur. Quelle joie n'ont-ils pas éprouvée en se retrouvant dans l'autre monde, ils y jouissent maintenant de la récompense de leur mort héroïque. (Il pleure.) Excusez-moi, Ghènzō, je ne puis plus retenir mes larmes.

(Tous pleurent avec lui.)

SCÈNE XIII.

LES MÊMES, SHYOUSAÏ ET SA MÈRE.

SHYOUSAÏ, qui a entendu les sanglots de la chambre voisine, ouvre la porte et entre.

Comment, c'est à cause de moi que ce drame sanglant vient d'avoir lieu? Que ne me l'avez-vous dit, jamais je n'aurais permis qu'un autre mourût à ma place. Quel malheur! Quelle honte pour moi. (Il se couvre le visage de sa large manche. Tous sanglotent.)

MATSOUO se lève, ouvre la porte d'entrée, et, de la main, appelle quelqu'un du dehors. Se tournant ensuite vers Shyousaï.

Noble seigneur, en me présentant devant vous, je vous apporte un présent que vous n'auriez jamais osé espérer; regardez. (Une chaise à porteurs arrive en ce moment devant la porte, la mère de Shyousaï en descend.)

SHYOUSAÏ.

Ma mère! ma mère!

LA MÈRE.

Mon fils!

GHENZÔ, après un moment de grande surprise.

Mes yeux ne me trompent-ils pas? Est-ce vous noble dame? Quelle heureuse rencontre! Depuis longtemps déjà nous vous cherchions partout, mais en vain; nous n'avons pu vous découvrir. Où étiez-vous, chez qui aviez-vous trouvé un asile si sûr?

MATSOUO.

Voici le récit de ses malheurs. Quand le sanguinaire Shihéi menaçait d'anéantir toute la famille de Mitchizané, je conduisis la noble dame à Saga. Mais bientôt elle y fut reconnue. Alors, déguisé en pélerin, je parvins à m'approcher d'elle, et réussis à travers mille dangers à l'amener ici dans notre voisinage.—Cependant, gardez-vous de vous croire en sûreté. Il faut partir et atteindre au plus vite la province de Kawatchi. Là vous trouverez la fille de la noble dame, qui attend dans l'angoisse l'arrivée de sa mère et de son frère. (A Tchiyo.) Et maintenant, chère Tchiyo, il nous reste un devoir à remplir. Hâtons-nous d'ensevelir la dépouille de notre enfant bien-aimé, et offrons à son esprit les sacrifices qu'il réclame.

(Tonami est allée chercher le cadavre et l'apporte tout enveloppé. Matsouô et Tchiyo enlèvent leurs vêtements de dessus et apparaissent en habits de deuil; c. à. d. en blanc.)

GHÉNZÔ.

Non, Matsouô, nous n'aurons pas le cœur, en ce moment où la douleur vous accable, de vous laisser accomplir cette triste tâche. Ma femme et moi. . . . . .

MATSOUÔ.

Souffrez que je le fasse ; car aux yeux du monde, ce n'est pas mon enfant que je vais ensevelir, c'est le fils de Mitchizané.

(Il prend le corps dans ses bras et sort, tous le suivent en pleurant. Rideau.)

FIN.

I

L'ACTEUR DANS SA LOGE.

LE front ceint du *katsoura-shita* (sous-perruque), il est en train de se faire une tête. Les couleurs sont préparées dans des soucoupes et posées au pinceau, les fards sont étalés avec des blaireaux. On voit dans la figure trois de ceux-ci accrochés à l'un des bras du portemiroir.

LA SCÈNE.

La scène du Kaboukiza, principal théâtre de Tōkyō, représentée ici, peut servir de type. Elle occupe toute la largeur de la salle, sans autre encadrement que l'espèce de lambrequin décorant le linteau et portant comme inscription « offert par la Corporation des agents de change de Tōkyō. » Le plancher de la scène n'a pas de pente, le centre en est agencé en plaque-tournante, ce qui permet des changements à vue que l'absence de dessus et de dessous machinés rendrait autrement impossibles.

Les acteurs ont pour se présenter, outre la scène propre, deux longs passages, véritables coulisses retournées, qui, de niveau avec la scène, la prolongent jusqu'au fond de la salle, et lui servent de lointain et d'arrière-plans. De ces *hanamitchi*, celui de droite est plus étroit que celui de gauche (jardin) et n'a pas d'issue indépendante ; l'endroit où le plus large aboutit au fond de la salle sert de palier à un escalier montant d'un passage qui communique avec le dessous de la scène. C'est par ce *hanamitchi* que les premiers rôles font leurs entrées à effet, que défilent les cortèges, les foules, que se présentent les porteurs de bonnes ou de mauvaises nouvelles.

L'orchestre est divisé en trois groupes, tous sur la scène. D'abord l'orchestre proprement dit, purement instrumental, invisible dans la coulisse de gauche ; à côté de lui et en retour, le *dégatari*, orchestre-chœur déclamant un *naga-outa*, il est composé de 3 ou 4 chanteurs et 2 *samisèn ;* à la représentation, il est masqué par un rideau que, sur la figure, on a supposé tiré ; les exécutants sont sur une estrade mobile qu'on retire pour manœuvrer la plaque-tournante. Enfin, à droite (cour), obliquement, et à 2 mètres environ au dessus de la scène, sont installés les 2 *tchyobo*, sortes de coryphées, dont l'un déclame en un style demi-chanté des récitatifs *(ghidayou)*, que l'autre accompagne et ponctue d'onomatopées et interjections diverses.

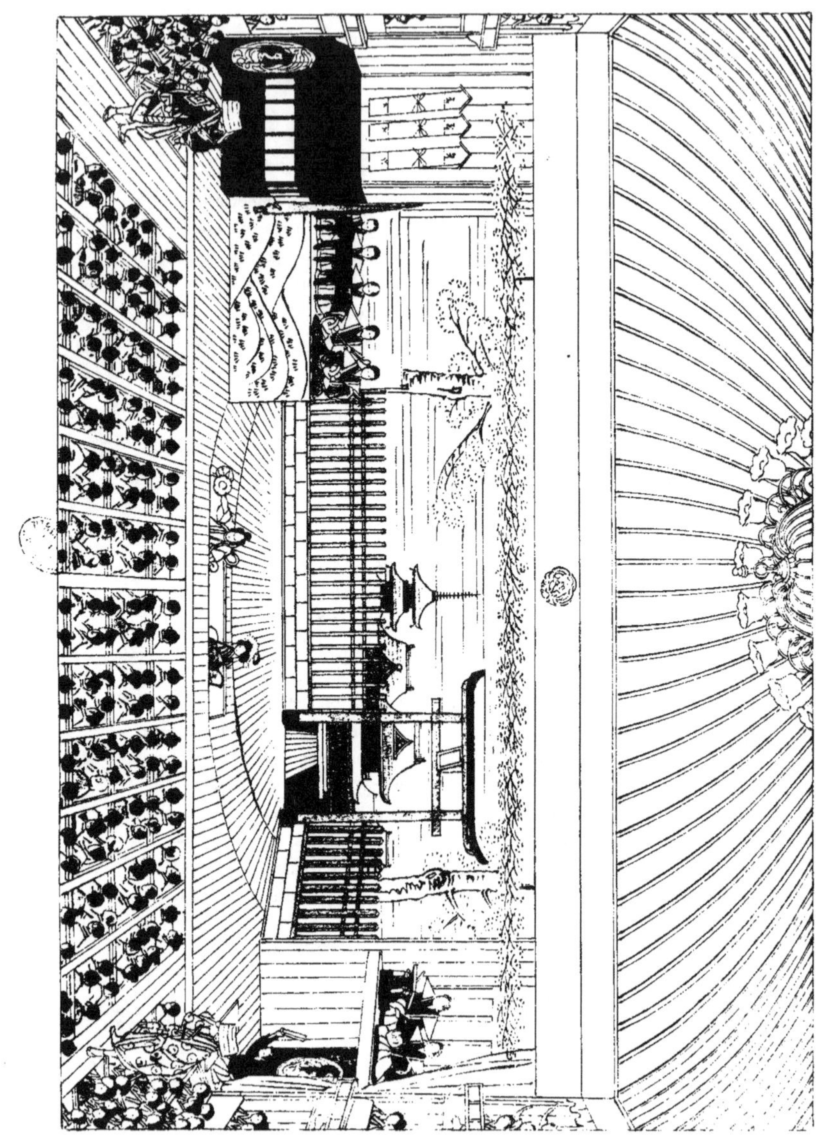

LE KOUROMBO
(HOMME NOIR).

Invisibles par consentement universel, les *noirs* sont garçons d'accessoires, souffleurs, et font le ménage de la scène au cours de la représentation. Celui-ci exécute un vol de papillons, c'est sans doute que l'acteur en scène est en ce moment supposé sous l'influence d'un songe.

OHZATSOUMA.

C'est une espèce de chant héroïque entonné pendant les grands jeux de scène muets, accompagnant les *tableaux* ou les sorties des grands premiers rôles. Cette variété du *jyorouri* a été jadis très en vogue ; aujourd'hui, le *Nagaouta* l'a détronée, et elle ne se chante plus qu'au théâtre.

LES DEUX TCHYOBO.

Le premier lit son récitatif dans un livre de *ghéîayou*, posé devant lui sur un pupitre, à sa droite, à portée de la main, est une tasse pleine de thé ou d'eau chaude pour s'éclaircir la voix de temps en temps. Les deux artistes sont en *kamishimo*, c'est à dire portent l'ancien costume de cérémonie.

LE TSOUKÉ-OUTCHI.

On a déjà pu le remarquer dans la planche 3, au dessous des *tchyobo ;* il imite ici le bruit des pas d'un Commandeur quelconque en frappant une planche avec ses deux bâtons de bois carrés.

L'ORCHESTRE VU DE LA SCÈNE.

L'orchestre propre, *hayashi*, comprend une grosse caisse, qu'on bat avec un bâton cylindrique, un gong sous la caisse, et une cloche, la cloche sainte qui tinte aux heures solennelles ! . . . . . ; une flûte, qui ne joue pas ce que nous appellerions des airs, mais une suite de modulations rapides et entrecoupées remplissant le rôle des suites d'accords et des trémolos de nos orchestres, deux tambourins que l'exécutant frappe à plat avec des baguettes flexibles ; un samisèn.

MAWARI-BOUTAÏ.

Les machinistes, dans les dessous, manœuvrent la plaque-tournante.

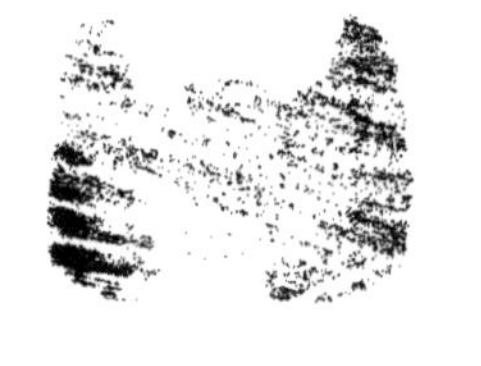

LE BATTEUR DE HYÔSHIGHI.

Les *hyôshighi* sont, avant l'*ouvert* du rideau, battus d'abord des loges pour faire savoir en bas que les acteurs sont prêts, un deuxième signal prévient les acteurs en haut que la décoration est installée ; c'est alors que ceux qui doivent être en scène au tiré du rideau descendent et se placent ; un troisième signal, indiquant que tout est prêt, se donne de l'entrée de la scène, l'annonce est précédée d'un quatrième signal frappé de la scène, enfin, aux *hyôshighi* suivants, la musique attaque et le rideau est tiré. Le dernier signal consiste en un coup fort, puis deux coups forts et deux coups faibles suivis d'une succession de coups de plus en plus rapprochés jusqu'à ce que le rideau soit complètement de côté.

Pendant la représentation du *kyôghèn*, s'il y a à changer les accessoires, à lever ou baisser des stores, à faire un changement tournant, les *hyôshighi* donnent encore le signal d'exécution ; on les bat également à la fin du *kyôghèn* pour fermer le rideau, comme on les a battus pour l'ouvrir. L'illustration montre le *hyôshighi-outchi* en fonction, tournant le dos aux spectateurs.

ITCHIKAWA DANJOURŌ.

Au théâtre, quand ses admirateurs l'acclament, ils l'appellent Naritaya ! dans la vie privée, c'est Monsieur Shyū Horikoshi. Il est ici en grande tenue de ville, *haori* à cinq *mon* (armoiries), la médaille qu'il porte est l'insigne des membres de la Croix-Rouge du Japon.

芝居、二十五

印刷者　神奈川縣橫濱市太田町五丁目八十七番地　村岡平吉

飜譯者　文學博士　カール、フロレンツ　東京市小石川區原町一百二番地

發行者　東京市京橋區日吉町十番地　長谷川武次郎

明治參拾參年壹月壹日發行

明治卅貳年拾貳月廿日印刷

www.ingramcontent.com/pod-product-compliance
Lightning Source LLC
LaVergne TN
LVHW012005220826
846092LV00001B/248

* 9 7 8 2 3 2 9 7 9 6 3 4 5 *